ㄹ

ㄹ

성기완 시집

민음의 시 186

민음사

아버지께

自序

시라는 발성기관

2012년
성기완

차례

自序

그날이어떤날일지몰라도　　　13

1부　ㄹ

ㄹ　　　17

쌀　　　20

musicdrivesmecrazy1　　　21

빗속에서내옆을달리는마야코프스키　　　22

벽지　　　23

잠　　　24

소리가없어서　　　26

새의울음연구　　　28

쿠쿠루쿠쿠비둘기　　　30

슈　　　33

스모우크핫커피리필　　　34

아득한 것이 자욱하고　　　37

일편단심하고하루깍쟁이1　　　38

시그널플로우　　　40

밤섬의저음　　　41

미러볼1　　　42

봄항아리　　　44

그리고매우멀어바다같아요　　　46

아가야　　　48

할머니무릎장단　　　49

시냇물   51

조이고풀고풀고조이고   52

글래머   54

어머니오신날의뽕짝   55

독거미아르페지오   56

데레사의문   58

노래의집   60

소닉붐   62

수평선일현금－絃琴   63

노이즈는회색과같음   64

점막은 노래한다   66

자세히들으면나는소리   68

피아노소나타3번D단조"일몰"   69

사랑을건넬때아픔을   70

한밤중에물내리는소리   72

440헤르츠의고백   73

삼각관계   74

일편단심하고하루깍쟁이2   76

쌍둥이우주   78

겨울밤바소콘티누오   80

가을자장가의분비과정   82

심야의인형장수   83

웨딩드레스   84

beep1：10이후새소리   85

소리일기   88

미러볼2 — 병준에게   90

2부 리슨투더뮤직=움직이지않는행동

리슨투더뮤직=움직이지않는행동   95

musicdrivesmecrazy2   96

기내에계신승객여러분   97

생명의주된관심사   98

3부 DJ목마와소녀

저쪽   123

8월의 화형식   125

겨울오후사인파위주의그림자   130

지브롤터   132

오뚜기클럽은예약제였나요   135

DJ목마와소녀   136

작품 해설 / 이준규

노이즈 시   139

그날이어떤날일지몰라도

그날이어떤날일지몰라도

그날을그리며애가탑니다

그날은완벽한날

그날은전적인날

시가스스로시를쓰는날

시가시에서태어나는날

오직시인만칼을드는날

그날이우릴부릅니다

서로서로서로의언어를

이해함이없이모든시인들이

이세상을가벼이버리고

술도끊어버리고

폭포수아래휘감기는

전두엽에서전율하는

고래의흰수염연기에휩싸여

시원하게버림받고

아이춥다손을호호

그날이우릴부릅니다

그날을그리며애간장이녹습니다

그날이다가오니감격스럽습니다

1부

르

ㄹ

도르레 가리비 너러바위 라르고
팬스레 나란히 부리나케 사르고
너스레 가랑잎 대구지리 쓰리고

콘트랄토 리비도 아무르 아름다운
알레그로 이리도 쿠랑트 사라방드
살어리 어리랏다 리랏다
이러쳐 우렁납친 뎌러쳐

어강됴리 비취오시라
다롱디리 드리오리다
동동다리 뿌리오리다

시리잇고 욜세라
아랫꼿셤 녀러신
홀리오리다
꼭그렇진않
얄라리얄라
어름우희댓닙자리

구름나라로맨티카

더듸새오시라
졸라마시리라
러둥셩
링디리

두어렁셩 괴시란대 아즐가
도란도란 크레이지 날라리
노래불러 우러곰
사랑살이 잠깐새리
주물러라 다리좀
딩아돌아 더러둥셩
떼끼에로 알러뷰
래일이또 업스랴

민들레 도라지 바리바리 드리고
발그레 다랑어 부리부리 슈르고
물푸레 미란다 소리소리 지르고

말랑말랑 발랑발랑

찰랑찰랑 살랑살랑

다롱디우셔 마득사리

렌토보다 더느리게

리드미컬 멜로디컬

이렁구러 아련했

년뢰랄 거로리

아련했

아리랑

사랑

사랑

리을

ㄹ

쌀

이렇게예쁜쌀알들이
아주처음그하나하나의
소중했던시작인가싶어요

쌀은살의된소리
쌀은살의옹·어리
살은쌀의살풀이

이렇게예쁜쌀알들이
수도없이빛나는
별들인가싶어요

쌀알들의
쌍쌍파뤄

알알이대리석
이름없는쌀알들이
춤추는별들인가싶어요
불촉같은언어인가싶어요

musicdrivesmecrazy1

musicdrivesmecrazy

음악은소리를뿜어내고그에반응하는온몸인데

더자유롭기위해뜻을버린음악인데

더편하기위해뜻을거느린사람인데

뜻을거느린시의불편함을벗어던지고자

시라는발성기관을채택하는시적선택

발음음색톤

뜻은휘발되고기억속에는그것들만남는다

시라는신체에서가장결정적으로살아있는

발음음색목소리의톤

이정도멜로디로는누구도구원할수없다는자괴감

멜로디의방출시의자위

권발동

nothingdrivesmecrazybutmusic

빗속에서내옆을달리는마야코프스키

하얀물보라를달고비오는고속도로를전속력으로달리는
빨간마야코프스키
마야코프스키는진정한물보라진정한불꽃이었다
진정한정신의질주
진정한은유의폭죽
진정한절망의혁명
타성을뒤집는전위
모래바람영하60도
진정한죽음의질타
빨간마야코프스키
무의식의총알
간판들의과녁
시의정수리
피

벽지

벽지를보았다

보고보고보고보고보고보고나서보고돌아보고보고보고
또보았다

하나의무늬를보았고수많은같은다른무늬를보았다

벽지의리듬은일정하고시끄럽고예뻤다

네모네모네모동그라미킥킥킥스네어

쏴아쏴아우르르쏴아쏴아쏴르르핫

그시간에벽지의무늬처럼존재했었다

우리는가고또왔다

수많은다른같은자리에서춤췄다

벽지속에있었다

벽지가너울거린다

벽지가여전히빙빙돈다

그꼭짓점들어디에선가너의목덜미는길고시원했다

꼭짓점알약을구강에던져넣었다

보고보고보고보고보고보고나서보고돌아보고보고보고
또보았다

네모네모네모동그라미킥킥킥스네어

쏴아쏴아우르르쏴아쏴아쏴르르핫브레이커

잠

누워있는인형이사람같아보이는것은
눈을뜨고있기때문이고
누워있는사람이시체같아보이는것은
눈을감고있어서다
실로그는자고있다
죽음은문밖의잠이고
잠은문을열지않은죽음이다
기억할수있는꿈은생활의거울이고
기억할수없는꿈은죽음의그림자다
흩어지는구름에서찰랑이는소리가나는것은
몸과마음이삶과죽음처럼
믿음과배반이사랑과증오처럼
노력과방탕이뼈와살처럼
오해와이해가피고름처럼
욕설과교성이타이어와콘돔처럼
이것과저것이모든것과nothing처럼
하나이기때문이다
한수갑을차고동행하는형사와죄수의운명은
장가방과아랑드롱의그것처럼결국같아진다

사람의옷은동물의거죽보다다단연코보잘것없다

다다다단연코

강아지에게시달린양인형은진짜양처럼온순하다

인기척을느끼고개가벌떡일어나면

공기는그냄새를맡고도망질을친다

공기는고양이처럼쉬고있었던거다

개가연방드센기세로어둠을향해짖는이유는

달아난공기를추구하기때문이다

내가내됨됨이와관계없이시인인이유는

니가시인이아니기때문이다

단지니가

나의이유다

소리가없어서

소리가없어서안계신줄알았어요

구멍속에서자라는

쇠못이녹슬고녹물이흘러

물방울같은손뼉소리네번에

북유럽풍의잔향긴비명이두번

건너편스피커는영하40도

이쪽두채널은건기乾期

그리고센터와우퍼[1]는아열대의기후죠

그렇게소리들은순환해요

뜨거운기운을뿜으며키스한후

구름으로올라갔다가비로내리고

살얼음을머금고빙수처럼얼어버린

깨진거울같은웃음

파안破顔

하얀눈썹달메이컵하고툰드라로떠난뒤론

소리가없어서안계신줄알았는데

허공의주간지표지에사진이실렸네요

소리를공중에널어말리는막달라마리아의

박살난얼굴이시네요

새의울음연구

새의울음에는자음이있고
개짖는소리엔자음이없다
새들이구사하는리듬에는
각자의일정한규칙속에서
타자의소리를추구하는면이있다
새들의울음은공백을견딘다
자기장단은남의다발이된다
자음의높은주파수
특히무성자음2500헤르츠대역에서의분절
모음의낮은주파수
유성자음의비슷한주파수
고양이는리을과미음과이응과니은을발음할줄안다
개들은리을과히읗과이응과모음들을활용한다
나이팅게일은다양한자음을구사한다
내사랑나이팅게일이라고발음하는순간
나이팅게일은가지에서떠난다
새들은허공을우리에게맡기고
허공은새벽을받아들인다
부질없는일이지만잊지못할그리움을

새들의멜로디는노래한다감정을빼고

허공을바라보며함께숨을쉰

너를사랑해

쿠쿠루쿠쿠비둘기[1]

사랑은떠나갔네
이세상어디에도
사랑은없고다만
내맘속에

생각이꼬리를무네
앙금이쌓이고쌓여
거대한탑처럼
솟아올라

〈쿠쿠루쿠쿠
팔로마
아야야야야
비둘기
쿠쿠루쿠쿠
팔로마
잿빛구름속
사라져〉

미움의술이흐르고
슬픔이흥건할때
오래된기억의가시넝
쿠울이

치렁치렁날감싸
어때요내목에걸린
피흐른심장을
쪼아먹네

〈 〉

사랑은갔네
비둘기
내맘속에만
있네에
심장을쪼아
비둘기

아야야야야

비둘기

슈

슈

아빠한테와

왜머뭇거리니ㅎ

아빠는너를혼내고기분이너무나빠졌어

저녁먹으려고장도봐왔는데

갑자기입맛이사라져서못먹겠다

그냥자려고누웠어

지금울리는전화는안받을작정이야

슈이리와

오기싫어?

진짜?

아빠는

너의친구일텐데

지금은개같이취했다

이리와

슈

스모우크핫커피리필

스모우크핫커피리필
달이뜨지않고니가뜨는밤
스모우크핫커피리필
달이뜨지않고니가뜨는밤

스모우크
붉은눈시울
뜨거운피
커피리필
달이뜨지않고니가뜨는밤

스모우크
붉은눈시울
뜨거운피
핫초코머그
지나가는흰구름이쓰는이름

심장을누르는돌
가슴을어루만지는손

갈비뼈콩크리트눈시울망초

스모우크
붉은눈시울
뜨거운피
귀뚜리피리

산허리로ㅎㄷ러지는
개나리의훌라춤
젬베봉고에그셰이커눈시울망초

스모우크핫커피리필
달이뜨지않고니가뜨는밤
스모우크핫커피리필
달이뜨지않고니가뜨는밤

스모우크
붉은눈시울
뜨거운피

커피리필

달이뜨지않고니가뜨는밤

아득한 것이 자욱하고

아득한 것이 자욱하고
자욱한 것이 가득하다
가만히 가득한 가운데 가라앉아
사뿐히 마련된 자리에 똬리틀고
따분한 길바닥 정류장 햇빛들고
석양의 지평선 새벽의 천둥소리
카나비 무성한 뻘밭의 더운추억
뱀 한 마리
나 이전의 나

황혼의햇살이스미고
이파리들이흔들릴때
나는벽에서망설이는
눈썹과손가락을본다
깨진거울의춤을본다

손내미는 과거의 손톱에서
할머니가 연기처럼
나오시고 다가오시고
나가시고 번개치신다

일편단심하고하루깍쟁이1

아오랜만이에요

어아닌가

우리알아요?

혹시그럼우리처음보는건가요?

이천이년월드컵때어디서아르바이트?

담배피울때왼쪽눈을찡긋

책볼땐냄새부터맡죠

첫잔은진토닉만시키고

잠잘때턱을괴는자세귀여워

일편단심하고하루깍쟁이

아오랜만이에요

어아닌가

우리알아요?

홍대역4번출구편의점왼쪽골목헤드폰가게

이천이년월드컵때거기서아르바이트

기차타면잠들때까지전봇대를센다했죠
휴지는세칸뜯어삼등분
벌써오래전일이네요
팥알처럼쏟아져나온사람들
신호등은의미없이깜박이고

아오랜만이에요
어아닌가
우리몰라요?

一片丹心하고하루깍쟁이
일편단심하고하루깍쟁이

시그널플로우

blank블링크blink블링

채택된숫자는4로나누어서나머지1과3

그나머지숫자들은오른쪽reject통로로보내시오

일삼일삼일삼일삼

톱니파로마호가니각목의가시를켤것

미묘하게살갗을벗겨내는하우스무작

플로우라인들을지우고

sfprint딸라원딸라투

포워드명령을씀으로써

네트워크를형성하고

버그를심을것디버거내장할것

원격으로blank블링크blink블링

센드리턴센드리턴인렛아웃렛

티원티투티쓰리티포

업다운카운터둘째아이

플로우만이존재하는절대모듈론만이

인간들의거짓된이상화에서건질수있는프린트팩언팩

샛길로흘러시궁창으로떨어지는인간적인인간들의허상

솔로몬아시아퍼시픽컨슈머

밤섬의저음

오해였죠그건 봄밤의오해였어요 잘몰랐던거죠당신은순
진한사람 내가어떤사람인지 이젠아시겠죠고마워요 사랑의
눈빛느낄수있어서좋았어요 당신과건넌비오는밤섬은 거대
한녹색의저음이었어요 그런마음을그만들키도록내버려둔그
순수함을알아버린것만으로도충분히 황홀하고고마운 잊을
수도없는 그런밤이었어요 밤섬의저음을깔고 나는차후에노
래합니다 미안해요정말

미러볼1

대야모양의공기
날개돋친강아지
왼쪽에심장오른쪽에염통
한조각두조각다시한조각

느린듀레이션의빛
섬광을발사하고퇴장하는
깨진거울조각과
망각에이르는경로

현자의눈물999방울
죽은사람도있고
없는사람도있고
떠돌이도있고

벽난로에서나와이랑을걷는농부의
오른쪽귀아래로지나가는집시

등에아이보리색짐을졌다

오토바이오그라피오브기타

영롱한석류알의태도

그물을빠져나가는투명물고기

빵모양의생선

생선모양의빵

옷걸이에걸려있는

오스트랄로피테쿠스

직립

사피사피호몰로지

사람들의진화과정

뉴욕은너무나차가왔다

밖에나가기가싫었다

그래서늘장식적이었다

봄항아리

항아리속깊이깊이
아-하고불러봅니다
그런적이있었습니다

겨우내김장담가먹고
볕좋은날엄마가씻어놓아
텅빈봄항아리

아직젖어있고

들여다보는내눈동자숯동동띄워
하늘동치미익어갑니다

텅빈봄항아리메아리
대답은막막청청漠漠青青
밑바닥어둠속으론
아직싱싱한겨울산

지금도아-하고불러봅니다

맘에없는말도자꾸하면진짜가된다던
잿더미처럼사라진여인의콧노래소리

텅빈봄항아리
컴컴한계곡따라
아-하고울려퍼집니다
그런적이있었습니다

그리고매우멀어바다같아요

그리고매우멀어바다같다던
당신이떠난그곳이어딘지
알수없어

매우멀어바다같아요

당신이남겨놓으신흔적들
파도에씻긴조가비같은것들
함께바다에여행갔을때당신이
무릎접고고개숙이고줍던
그시간이

매우멀어바다같아요

당신이나를버린이유
알수없어걷고또걷던새벽에얻은
몽유의버릇
주머니에가득한물음표
아이가쏟아놓은퍼즐조각처럼

그이유가茫茫해서大海같아요

언젠가부터긴긴잠을자고있어요
당신이어디사는지알지도못하는
그냥내가한참미워밤바다같아요
그리고너무멀어
오늘이

망망茫茫큰바다같아요

아가야

바람의망또로몸을가려
진눈깨비의날을피하렴
우산을쓰고
물기를닦고
가렴따뜻한이불에손을녹이고

할머니무릎장단

항거리둥거리세청거리
은사만사주머니끈
똘똘말아장도칼
제비뚝딱모감주
고리짝납짝
똥
땡

이층이런익숙한멜로디들이그렇게쉽게

그때활짝열어놓은창문으로바람은들어오고 너는발그레한볼에파우더를바르고왠지들떠빠른말투로즐거운오늘을이야기함으로써그것들에예쁜묘비명을세워주고 니가시킨스파클링와인에선말라르메의바로그거품이끊임없이다이빙을한다 주차자리를찾는차들이유영하는사이나는붙든다 붉은간판과편의점과일요일밤의한산함속에꽃핀이순간의주인공 너의아름다움을 사라질모든것들의지금의맹점을

이층이런익숙한멜로디들이그렇게쉽게나온건아니라는걸알면서도 너무가까워서살짝들어올리고싶어지네 가까이내려다보이는2층 사람들의물결은잔잔하고진지하고멀어 지금어디로들가고계시는지 가는동안의마음은거기가야하므로제법집중력이있네 농담도조금하지만대체로그것들을쓰레기통이나재활용봉투에버릴용기가있네

시냇물

오빠오빠오빠

그렇게날부르며

졸졸따라오던시냇물

조약돌위를반짝이며

뱀의혀를날름거리며

귀엽게조금은두텁고도투명하게

굽이치던너

어느덧나는모래가되고

물소리는신경질을내고

밤은다가와흥얼거리고

나의앞산은노래를듣다가

슬픔에취해이만큼다가와

잠의냄새를풍기네

모닥불의독백

노래는그때부터밤샘

조이고풀고풀고조이고

조이고풀고풀고조이고
좁혔다넓혔다넓혔다좁혔다
돌리고돌리고찍고돌리고
빻고찧고찧고빻고지지고볶고
찢어발기고후비고파내고삶아먹고
넣다뺐다넣다뺐다뺐다박았다쑤시고저미고
돌돌말아끼우고핥고냅다후리고빨고뱉고
깊이묻었다꺼내서피우고깨물고호하고감았다풀었다
감치고뜯고찌르고빼고돌려막고치고빠지고갈아엎고
끊어서꺾고살리고살리고조이고풀고좁혔다넓혔다
빻고찧고후리고비벼서팍팍찍고
터지고꼬매고올리고신고착착맞는다탁탁맞춘다
쿵떡메치고떡쿵되치고쿵더럭쿵치받고
뒤집어돌리고득득긁고톡톡두드려꾹꾹눌러말려뒀다가
꺼내보고쾅닫고박박씻고돌돌까고
드르륵열고스르륵졸고벗기고빨고박고또박고
따서먹고마시고자빠져자고치고때리고조지고
질질흘리고뺐다박았다삼켰다뱉었다찍찍싸고
뒤집어까고쌍피먹고잡아채고조이고풀고쑤시고파내고

잠갔다열었다들었다났다
좁혔다넓혔다넓혔다좁혔다
돌리고돌리고찧고돌리고
살리고살리고풀어헤치고

글래머

왜그렇게생기게됐는지는몰라도그렇게생기게된것이안타
깝고나역시난감하지만 (출렁) 반가워요 (방긋) 처음본사람
인줄알고인사를했는데이미예전에…죄송해요오빠…시키는
걸다하고막이래

그래야내가누군지모르니까
누군지알려지는순간
나를붙잡으러올거예요
그들이죠
막다른골목길
갑자기

어머니오신날의뽕짝

어머니오신날화를많이도내었다
어머니오신날엔내가바로그여자
돌이킬수없이입속에서맴도는
어머니오신날의뽕짝

후배의옛애인이싸늘한주검으로
어젯밤술자리의말실수가살아나
얻어맞은흔적과검버섯손가락의점
석양에흔들리는옛사랑의추억들과

어머니오신날의뽕짝

독거미아르페지오

그가기타를퀸다

소리를자기몸으로칭칭감는다

다시는빠져나올수없도록

시간의뒷문을닫아건다

입에서나오는끈적한밤은

방사형으로퍼지는조명이되어

모든버둥거림을저격한다

어떤리듬속에도틈이있다

그사이로정확하게독침을찔러

검은눈동자를터뜨린다

그때심벌이작열하는거다

시간이얼마남지않았다

마지막춤을추리라이때

모든노래는자장가가된다망각의

물에혼을빼는빠른아르페지오의다리를건너

엔딩을바라볼수있어야한다하나둘셋둘셋

둘   넷

함께몸을던질타이밍을향해혼미한머리로카운트다운

숫자들이녹아
푸른불나방이된다

데레사의문

데레사의문이약2년간열렸다
그때모든덫이거기득실거렸다
시인들이걸려들어아우성쳤다
문을열고들어가자마자화알活

우주가불타고있었다

데레사는2년동안자기문안에서
우주와동거했다
2년후우주는까맣게타없어졌고
문은닫혔다
문의음부에선시궁창냄새가났고
우주의재는오후5시
대학로에서밥차를기다리는줄을선다
그연애를후회해
밥차앞에줄을선시인들모두
똑같은후렴구를낮게외친다
니가싫어하는뱀이보고싶니
거울을봐

데레사는거울을본다
놀라지도않는다

데레사는담배를물고창문을열어
지나가는애완견들을바라다본다
애완견들은하나같이아파보인다
데레사
느이네들은아프지않은적이없지

노래의집

이노래는그집
그집은이노래
지하실의그집
노래의집
노래는집
노래는노래하는사람의집
노래는노래의집
움지기기지기지짜-뽕
집에서노래하다밖에나가
눈부신곳을피해눕네
사랑의목소리를떠올리다가
내목소리로가다듬어보다가
움지겨지지지겨지지지겨지지않는
노래의집에서꿈을꾸다가
깨어나당신을찾네
찾다가노래해
노래하다찾았다찾았다
텅빈날목마르면물마시고
배를긁어야지

이노래로그집이생각나도록

바닥을쓸어야지

바닥을쓰는파도의노래

흔들리는산호초의노래

연두색햇빛이갈라지는

올려다본그공간의노래

노을지는노래

놀놀놀진다시간은흥분에빠지고

나는밖으로나가

움지기지기지기지짜-뿡

소닉붐[1]

초음속으로구름속을지나갈때 먼지입자들과충돌하는동
체 독야청청제트기류를타고가시는당신그리고흩어짐 一片
丹心하고하루깍쟁이 일편단심하고하루깍쟁이

---

1) sonic boom: 비행기가 초음속을 돌파할 때 생기는 충격파(衝擊波). 비행기
의 앞머리를 정점으로 하여 원뿔형의 강한 파장을 이룬다. 초음속 제트기가
저공비행할 경우 소닉붐은 유리창을 깨뜨리고 건물을 망가뜨리기도 한다.

수평선일현금—絃琴 [1]

웬만해서는감정에동요되지않는

저 먼 당신

억만년동안바람에씻겨서

이제는직선으로마음을정리했군요

수평선의빨랫줄에

검푸른물의이불홑청이

길게널려있어요

당신은그토록팽팽한데

이쪽은하얗게춤추고난리네요

아무리바람이불어도마르지않고

밤을새우는아프리카의리듬

빨래끝에풀린실밥들처럼

파도는모래위로펄럭이네요

1) Y라는 학생이 아폴리네르의 시에 나오는 '일현금'이라는 단어를 알려 주었다.

노이즈는회색과같음

흰종이를찍었을때아침의시간자체가회색으로나오듯

어쩐지정해져있었다는듯 잠에서깨자마자급히바지를
내릴일이생겼다 팬티도내려야만했고티셔츠는벗을필요가
없었다 거웃으로가려진어정쩡한밑을바깥이바라볼때바
닥은젖어있었다 바닥이발바닥을질겅거렸고 순간너의눈
이욕탕의타일처럼반짝인다 나는안다지금니가과감한기
지개덕으로노출된나의허리를보며밤새차가워진시간의빨
래를허공에널고있음을 브로콜리soup처럼움찔거리며덮
혀져가는지금의바깥 언젠가니가말했지셔츠는벗지말라
고 그이후나는눈부시게새하얀그것들을고르기위해살아
가는사람이되었지 나는아침내내너의물기어린허리를보았
다 상대할눈초리가없으므로물을뚝뚝흘리며지나가는사
람들의얼굴은지나치게자세히공개되어있다 바깥 그러니
내가지금바지를벗는일은예정에없던아침의스케줄치고는
설득력이없지않다 공평하고민주적이다 지금의너에겐휴지
나수건같은건소용없다 바깥 나는아침내내골목을돌아
버스정류장으로사라지는그런너의표정과가슴을만졌다 그
리고거기에다가입을맞출걸그랬다 바깥 세로로쪼개진

블라인드로너의눈빛이스민다 가로로지나가는난간의실루엣
이김밥처럼토막나있다 바깥 너는시야를칼질한다너는그런
식으로나를요리한다 바깥 갑작스럽게공개된나의헐벗은원
시상태를만족스럽게감상해주오 가능한한신속하게아침인지
금나는꼬마김밥들을먹어야할지도모르나바깥너의아무런명
령도없으므로지금나는행동하지않는다 물내리는사운드가
욕탕에메아리칠때바깥블블너는블블라인드손잡이옆작고빨
간화장대에놓인새로나온국산담배를피워도무방하다 피어
오르는연기의맛을바로위층901호의자명종소리가마신다 바
깥 너의엔진이주차장!이라고말해준다 열쇠꾸러미에서잠든
열쇠들이이불을개느라쩔렁거린다

점막은 노래한다

창 쪽에 앉은 사람하고
복도 쪽에 앉은 나하고
티켓 값의 차이는 없다
미세한 불운에 관한 기억이
우리의 일상을 구성한다
딱 그만큼 열린사회는 불공평하다
최저 생계비는 보잘것없지만
곱하기 삼십 년 하면 성가신 양이 된다
그런 것 때문에 사장님은 맘이 편치 않다
때로는 그 판돈을 걸고 소송을 할 수도 있다
운 좋은 고객이 창밖을 바라보는 동안
나는 코를 골기로 한다
이것은 헛기침처럼 작정에 가깝다
사람이 자연현상을 이용하는 것은
스스로도 자연현상이기 때문이다
어느 부위의 점막이든 간에
점막은 추억에 반응한다는 특징이 있다
눈을 감고 좋았던 때를 회상하다 보면
저절로 희망의 잔금이 지불된다

복도 쪽에 앉은 나하고
창가에 앉은 사람하고 얼추 평등해진다
곯아떨어져 있는 동안 내가 누리는 돼지정신
열린사회의 럭키한 적들

자세히들으면나는소리

슬플때

자세히들으면나는소리 타오르는소리 아무도안보이는데
지나다니는모든것들이 지직거리면서연기가되는소리 먼지
들이춤추다가 축문처럼불살라지는소리 시간이가는소리 소
리가태어나죽는그소리

힘들때

자세히들으면나는소리 흐르는소리 골목을강으로만들고
공기를눈물로만드는소리 위에서아래로 아래에서밑으로 밑
에서더밑구멍으로 소리가태어나죽는그소리

아플때

자세히들으면나는소리 파이는소리 자꾸자꾸때리는소리
때려박는소리 상처입은세포들이뱉는탄알이심장에박히며문
쳐닫는소리 창창한하늘로로켓이자지러지다가할아버지수염
을토하는소리 그어디든뚫고들어가고더들어가빙글빙글돌다
가어지러워쓰러지는소리 돌들이깨질때길길이뛰며절구에다
가마음을찧을때 소리가태어나죽는그소리

피아노소나타3번D단조 "일몰"

누이여이제이땅에는
풀한포기나지않습니다
손에횟가루묻히며
운동장에그어놓았던금들이
보이지않습니다
해는서쪽을향해농구공처럼
던져졌어요
바람에저절로문이열리고
피아노소리들려요(랄렌탄도[1])
땅바닥에놓인충혈된어둠
깊이뚫린밤을바라봅니다

---

1) rallentando: '점점 느리게' 연주하라는 뜻으로 '리타르단도(ritardando)'와
비슷하지만 감속의 정도가 리타르단도보다 덜 급격하다.

사랑을건넬때아픔을

사랑을건넬때아픔을각오하고
사랑을받을때슬픔을예감하네

흐리고춥다
흐리고춥다

걸어야지
걸어서어서
쫓아보내야지

오늘은이차가운은색손잡이에
손을대기조차싫다

마녀같은오후의그리움
긴그림자들이조잘거리며하교할때
부스스이불을걷고나오는
명백히지나간날들의
뒷모습

날들아
날의딸들아
그만하면된거아니니
더할얘기가남았니
어서꺼지렴

그러나웃어야한다
그동안도그래왔으니까
왜이럴땐
사창가의간판이보이는걸까

날들아
날의아들들아
집과전혀딴판인
속마음들아

한밤중에물내리는소리

수많은기침소리
한밤중에물내리는소리
꿈결에그런것들이들리면
허공은한번뒤척여
결혼식에뒤이은사진촬영같은
즐거운미래즐거운미래즐거운

안개낀풍경을보았다
세상이뿌옇다
수많은거친호흡들

나는옷깃을더여미면서안개속으로간다
잃어버리고찾았다가다시잃어버렸다가또찾은
카키색땡땡이스카프처럼
잃어버린것들따위를감당하며보내는시간들
썰렁한공연장같은길길길
삶은구차한것

440헤르츠[1]의고백

내얼굴에침을뱉으시오

기분나쁜가

너무순수해서

이제야아시겠는가

이건얼굴이아니라유리창입네다

침이질질흘러내리는군

추해보이오

그래도얼굴은여전히황홀한

그표정

접근하기가쉽지않을걸세

난잘변하지않는다오

그러니화가날만도해

일단박살내시게나

당신주먹에서피가흐르니

이걸어째쯧쯔

이리오련

내핥아줄까

아순수꼴려

1) 440Hz는 가온 다 위 라 음의 표준 주파수다. 모든 악기의 음고를 맞추는 피치 스탠다드(pitch standard).

삼각관계

얼음과 와인과 흔들림의 삼각관계
육체와 먼지와 마려움의 삼각관계

내마음의형광등

빛의속도는그림자의속도
그림자의속도는생활의속도

영원의빗자루질

빛의속도는빛의속도
빛의속도는죄의속도
죄의속도는추억의속도
추억의속도는계절의속도
계절의속도는잎새의혈압

휘발되는수분

달맞이와 꽃과 새벽의 삼각관계

빛과 그림자와 속도의 삼각관계
너와 나와 부재의 삼각관계

일편단심하고하루깍쟁이2

일편단심하고하루깍쟁이
일편단심하고하루깍쟁이

육체의폭파공법
몰락은먼지의발설
머금고있던너를털썩토하며
피투성이로말하길

일편단심하고하루깍쟁이

이빨이와수수빠지고
녹슨별들이장난감통속에서요
메아리없이찰랑거려요
어쩌면메아리도없이

일편단심하고하루깍쟁이

몸이무너지는지금
마지막전율의잔을드세요

내사랑의상여에
목놓아울며꽃을던지세요
뿌려지는화투장버려진흰장갑
손톱의나이테를물어뜯으며

일편단심하고하루깍쟁이
一片丹心하고하루깍쟁이

쌍둥이우주

작곡 성기완
작사 성채현, 성기완

가로등은밤의해
밤의해는가로등
별들은달의아이
너와나나와너
외롭지않아

멀리멀리 가요-

우주의모든건쌍둥이 이이이이
너와나나와너외롭지않아

해가져요 벌써-

가로등은밤의해
밤의해는가로등
별들은달의아이

달의아이이이름은
별

우주의모든건쌍둥이 이이이이
ʼ 너와나나와너외롭지않아

와! 와!

카페 쇼 마법 극장
카페 쇼 마법 극장

우리들의영원한사랑
우리들은영원한사람

겨울밤바소콘티누오[1]

올사람들은와있고
와야할사람은올줄을모르고
와있는사람끼리
도란도란
망각을실천하는밤

어머니의밤

그렇게앉아서
눈맞으며집이되는
집속의집들

바퀴의한가운데에서
살들을붙들고있는
빨간사과두알과
주황색귤다섯개

회전하는이야기

기다리네

영원히

말들을풀어놓는

오지않을

혀를

가을자장가의분비과정

사슴이나처럼어리광피우거나칭얼대지는않죠?
조용히점멸하는내마음늘너무환하면
당신이잠들지못하고뒤척일테니
때로불빛이숨죽이더라도꺼진건아녜요

당신에게서노래가분비돼요
거미집처럼노래의집을짓고
리듬으로사랑하고
둥둥
멜로디로감아요
칭칭

당신노래에중독되어
한세상눈멀어요

심야의인형장수

　세상엔쓸데없는것투성이라지만이수레는완벽하게쓸데없
는것들로가득차있다　한두커플또는서너커플모텔에들르기전
에이수레에서fake유년의토이를입양해갔다　백프로여자가고
르고남자가지불한다콘돔은진짜로필요한것이고인형은진짜
로쓸데없는것임　콘돔은처참한토사물로인해인형은변하지않
는표정으로영원한허무를표상한다　그무심함에비해지나치게
엄격한새벽의온도　얼음의수레를끌고간다　꿈속에서도손이
시려운심야의인형장수

웨딩드레스

ㅎ언젠가볼기회가있겠죠

나토요일에웨딩드레스입어봤는데

그것참신기하더라

완전이뻐보여ㅋㅋ

설레긴개뿔

드레스가아니라입은내가이쁘긴하더라

ㅋ-재미있었어

beep1:10이후새소리

인트로43초53초천둥

beep1:10이후새소리

1:20스타트업사운드

점점큰자연소리로

맘허리업!이큐날카롭게레벨낮게

빗소리이큐하이깎고리버브약간퍼지게

엔딩길게

@kumbawani

저음5초자를것

딜링룸음악레벨낮출것

3장4장전환사운드길게갔다

보림레벨낮춘다

7장앰비언스낮출것

7-8장전환오버랩

11장앰비언스낮출것

20장사운드울린다

17장거리씬,2장병원씬파일바뀌었나확인요

20장딜링룸21장전환소리작다

레벨체크

숲들어가기전,올라가는삐소리보다2초앞서붙일것

총4분

첫병원씬:병원사운드미리흐를것

10장은일상

13장아들의꿈에서숲

17-18장죽음과관련된숲

납골당숲

23초까지는거리소음만

그이후음악도입

11장딜링룸12장러닝13장병실이어지는데뭔가에로틱

14장꿩사냥숲속사운드미리

두번은뒤쪽끝에한번은관객쪽으로

오피스텔tv사운드미리

어느순간딱꺼버림

발자욱소리먼저:나가는발걸음에서따라가며또각또각

그리고음악

삐--사무실에서삐삐미리

그다음에저음계속

느리게달리는데서초반의핑크노이즈점점높아짐

저음노이즈에서중간부분:새날이올때

납골묘?

끝부분에미리섹스음악도입

섹스후tv911전광판진흙쿠키소스들?손바닥찍을때

독수리

저음편집필요

소리일기

20101002토

운동회가 열리는 초등학교 운동장. 기분 좋은 고음 위주의 사운드가 너무 좋다. refreshing. 특히 아이들의 응원 구호, 박수 소리(작은손바닥으로치는앙증맞은파열음), 호루라기 소리. 왜이래자꾸눈물이글썽

20110313일

흐르는 소리가 들린다. 겨우내 얼어 있던 그 소리, 촉촉해지면서 풀린다. 공기도 땅도. 그것은 기본적으로 물이 배어 나온다는 뜻.

20110316수

'본다'를 단순히 시신경으로 받아들인다고 보지 않고 그 대상에 개입한다고 여기게 될 때 우리는 개입의 과정에서 소리를 듣게 된다. 소리는 함께 있음, 개입, 공명의 증거가 된다. 나 자신을 개입시켜 제대로 시선을 줄 때 본다고 한다. 그렇게 볼 때 저절로 소리가 들린다.

20110317목0550am

duchamps and the three durations of seoul.

하나의 듀레이션을 설정하는 순간 이미 소리는 거기에 동반되기 때문에 일부러 소리를 거기에 덧붙일 필요조차

없어진다. 듀레이션 자체에 집중함으로써 소리의 본질에 다가간다.

리슨투더뮤직＝움직이지않는행동(2부제목)

20110321월0850am

우리 집 강아지 슈와 고양이 나비가 아침을 먹고 여유 있는 태도를 보인다. 둘이 나란히 가만히 앉아 있다. 어디선가 정다운 새소리가 들린다. 개네들도 나처럼 그 소리를 듣고 있는 것이다.

미러볼2

── 병순에게

레몬처럼시고연한문신
꽃잎처럼따스한불
이지러지며물어뜯으며
영원히꼬이며퍼지는

밀크빛공허의띠
원래있었으며돌아보면다시있는
투명박막의기하학적인방사
유방처럼봉긋솟은미드레인지이큐

잠자리날개깃삼각파
좌뇌우뇌아니라뇌의증식
뇌가아니라뇌
입체의입

천공에펼쳐진엄청난굴곡의계곡
입체의입

그강렬한소리들이

바로바로절벽으로떨어져
미역이된다
음악을듣는일은미역이되는일

배꼽안으로깊이깊이쑥쑥
미끌거리며밀려들어가는일이다
초음속으로달리는감각의암호
터널을머리에이고

초음속을돌파할때의폭발음
머리에인터널펑키한삼각편대코러스
피아노대나무박하커튼에
물방울로구멍을낸다

절세미녀의눈부신실루엣
반대편볼위의인두로지진자국

2부

리슨투더뮤직 = 움직이지 않는 행동

리슨투더뮤직＝움직이지않는행동

블랙홀딸기백프로

리슨투더뮤직

움직이지않는행동

블랙홀로끌려가고있음

롸저

그와중에가볍자

우리끌려가며웃자

블랙홀딸기백프로

리슨투더뮤직

움직이지않는행동

카피댓

우리덧없자

바라지도말자

사랑하자

사랑하지도말고

빙글빙글춤을추자

블랙홀딸기백프로

리슨투더뮤직

＝움직이지않는행동

musicdrivesmecrazy2

    세상은보이는것만으로이루어져있지않다 듣는다는것은무언가내게닿은것을느끼는것이다 본다는것은무언가저기있다는것을알아차리는것이다 물고기는측선으로듣는다 그것은몸이귀라는뜻 몸으로들어보자 청각과촉각의교류를시험해보자 몸에닿은것들이리듬이되게해보자 흥얼거림 음악을통해마음을읽어보기 당신이좋아하는자음은?당신이좋아하는모음은?그런것들이들어간시노래그래픽사운드타이포음성학음운학 테입루핑반복의미학 배경음악또는무작[1] 갤러리하나만들고걸맞은음악또는소리를배치 사운드설치 음악에있어서의프리 LP 듣기와사고의전환

    onlymusicdrivesmewild

---

1) muzak. Muzak Holdings: 엘리베이터 음악 등 배경음악을 제공하는 미국의 회사.

기내에계신승객여러분

잠시후여행이시작되겠습니다

앉은자리에서바로날아오르시겠습니다

여행이시작되면겁이날수도있으니

feelstrong

돌아갈순없고돌아가지말고

되돌리지말고리슨투더뮤직

＝움직이지않는행동

생명의주된관심사

왜듣기와보기가분화됐을까?

그리고궁극적으로그둘은왜우리의지각장안에서통합될까?

4차원세계의물리적구성요소시간과공간 보기의완결

왜이리아름답나눈부시게샤워한서울 터질것처럼풍선같은한강물

재앙이후면더처절하게아름다울까 아니겠지아냐끔찍한건무조건나빠

상갓집에서까만옷을입은아이들이너무예쁘듯

홀리지말자달빛을외면하자

달빛이강물을그야말로적시고있다 만월이가까워오는가보다

오늘따라물은지나치게흥건하여욕정을불러일으킨다

무조성과음렬주의와무중력상태

분쏭[1]내아들계단오르는소리

그때화면바깥의소리아쿠스메트르acousmêtre[2]

제주동문시장사랑분식

해결방식

자기복제

코드화

생명은DNA의노예

생명은순진하게생긴병

innocentlookingbottle

이노센트루킹바틀

우후죽순격으로새벽에돋는그뭐냐

술생각풍류생각더더더

위스키회초리한대맞을래?ㅋ

너무하다멈출시간인데

순진하게생긴병탓만하지말고

아냐그런와중에도

이병은너무순진하게생겼어

요즘엔정치적으로진보적인분들이 가장보수적인스타일의
시를쓰는것같다

이분위기속에서는별로할말이없긴해도

소통은전달이고전달은증식이다

커피와두근거림

불안한마음으로커피숍을나올때

손엔책한권이들려있었다 보지않았으나보고싶은책이었다

한시간가량전철안에있는동안만이책을읽으리라맘먹었다

딱그만큼의시간이후에는작별이다 도착했을때마주친문장은

"모든것을향해있고 아무것도아무것에도향해있지않은 완전하게회색인이시선"[3]

이었다 저만큼서있는K가보였을때책을덮었다

고를말이꽈또[4]

네네거기예쁜제주월정리바닷가조용한카페조르바 귀엽디겨운강아지

제주스테핑스톤페스티벌의피날레를장식했던곳

어제의음악은파도소리속으로사라지고

콧물흘리고콜록거리긴했어요

신비로운곶자왈[5]

거기있다고믿는순간갑자기안내방송이나왔다

이번역이종착역이니내리라는거였다

당황한나머지잠이다깼다

그때

빗속에서내옆을달리는마야코프스키

하얀물보라를달고비오는고속도로를전속력으로달리는빨간마야코프스키

아!마야코프스키는진정한불꽃이었다

진정한정신의질주진정한은유의폭죽절망의혁명의꽃타성을뒤집는전위적몰락바람영하60도의질타죽음의초점가장순수한형태의파장

시의정수리

모듈들의연결조건은동기화

동기화는하나의타임라인에놓이는것

리뷰by단편선[6]

추위를타는아내는긴양말을신고자고있다

한바탕소나기가지나가고이승의녹색은어쩐지더진저릴치고컴컴한저녁이와요컹컹

어두운거리에서나를정면으로바라보고사라지는

신비로운녹색눈동자

유리창가득맺힌물방울무늬

이웅의향연

ㅇㅇㅇㅇㅇㅇㅇㅇㅇㅇㅇ

그것이안쪽이아니라바깥이라더욱황홀히때로멍하니

그런것들을바라보노라면시간이멈춰져요 그때뜻이라기보다는음악이솟아올라

반복해서리듬을타는독특한새시간들의숲으로가요 선명
하고아무의미없는덧없는눈물의세계로

비와테이크아웃

프라이뒤

레이니나잇

노출독백ㅎ독주(독한술또는솔로연주)비슷한겨울오기전에

널어디선가만나겠지그때붓자식도에다가

독주비슷한거루다가

으유고새침떼기

커피숍에모여앙칼진목소리로수다를떠는 비에젖은파마머
리들

당신이란다리지나한두번건넌사이?

불러냈다불러낸다불려나간다

빛과소리

빛이소리보다빠르기때문에 시각적인대상의즉각성

시간을넘어서는객관성 소리는변화와생성

너는깔깔대고웃었고

나는그게좋은반응이라여겼어

나는진지했지만농담이었고 너는깔깔웃고나서다시싱싱해

내가왜웃었냐하면그싱싱함때문에

웃음은싱싱함에반응하는몸의알레르기현상

하하하하나른한슬픔이너무재미있어

호호호호노력한보람이너무너무허무

후후후후종일을달려서네게도착했어

히히히히돌아선모습이너무아름다워

내가도대체왜

내가나에게해야만하는질문 내가나에게

보여줘야만하는 나 내가나에게던져야하는 돌

나는나와나의잘못이다

나의잘못이나를데리고다니며잘못의세계를구경시켜줄때

가제일즐겁다

그리고그다음엔어김없이코마가찾아온다

심장이한동안느리게걷고극도로우울해진덕여왕

빵

꽃과밥

내가나에게빌어야만하는용서

다시가보니흔적도없다 다시생각해보니내가변한것에비하면

다시가본거긴변한게없다 그대로다정말그대로

부둥켜안은두몸이땀으로홍건하다

우리가그토록힘들여도달하려던거기는 한갓오르가슴에불과했으나

그너머에죽음의바다가있었다

캄캄했고

허무했고

막막했다

출렁인다펄럭인다너울댄다흔들린다

출렁펄럭너울흔들

흔들

흔들린다다가온다만져진다끝이없다

처음어둠짜릿우물

우물속

돌고돈다둥둥뜬다부딪힌다물결친다

떨림홀림물결그물

그물

매듭

일렁인다맺혀진다들려온다마주친다

바람눈물깊은여울

부드럽다안아준다이어진다흘러간다

흐름사이마음울림

도대체왜였을까

왜그랬을까

넌어이해빗속에서 날기다리고있었을까

그리고그다음장면 니가사용한존댓말

그리고넌다가왔고우린깊어졌고 그다음엔멀어졌지

그리고그다음장면 니가사용한나쁜말

널잊을수있을줄알았어 일요일오후에꿈속에

너는나타나그럴수없다는걸알려주네

흥건히땀에젖어오후의햇살에추억을말리네

잘사니새친구를사귀고여행도다니겠지 그곳이어디든나는알수없어

그것이영원한우리의다음장면 그리고그다음장면

갑작스러운모든것앞에서 나는갑자기정신이드네

갑작스러운모든깨달음이 나를찾아와정신이없네

예정에없던약속처럼널처음봤지 마치약속이나한듯

난널찾아헤매네

갑작스런모든것(반복)

갑작스러운모든것(반복)

내가파놓은우물속 과일이익어가네잘도익어가네

과일이악어처럼으르렁대네 갑자기

답답해진내시간 난너를벗어나려몸부림치네

별을따라시선이멍하니따라가다가달에부딪혀우네

달빛을외면하자한사코외면하자아니면미쳐버린다

가까이하지마

총알이되지마

지루한하루의

한숨이꺼지네

그너니니가바로그

멀리사라진지금은없는바로그

너니내피눈물을본날그렇게내던진

내가그렇게사랑했던이씨발년

내가그렇게만났던나를그렇게좋아했던

모든것이사라지도록시간의바깥에서세상이어두워지길바
랬던

나를사랑했던그너니나밖에없다던그

일년전일억년전의너니니가그너니

니가너니니가그거나말고또다른바로그

너니내어색한행동의진원지그

너니

지금이야바로지금이란말야 가기전까지만이라도있어달라고

몇시까진데어제나도못참았지만너도너무심하게화낸거알

아?

유서에해당하는글을봤다

글씨체가순진하다 순진하다못해어린이의그것같다 나이

가많지만덜자랐다

너무유복했거나너무모자랐거나아마도전자 무책임하게

느껴지는매무새

약간혼내주고싶다

죽음이란그런것

so lonely

so lonely

빨리와여기가더그냥낫지않을까싶네

쉽게찾기좋고

쉽게잊고싶고

쉽게있고

20100507금인연무상급식

청소

했어야만했던그단순한

할수밖에없는그지겨운

충분히아름다운날들이지나가도

난불충분하다고느껴요

아무리아름다운그날들이

내앞에쌩쌩지나가도

난왠지불충분하다고여겨

그것은내가먼옛날을생각하기때문이죠

아주먼옛날에스프레소마끼아또위로가루설탕을꺾어부
으면

천천히하강하는시간 그사이에시작은왔다가고 끝은시작
을준비한다

지금은에스프레소마끼아또타임^^

봉지에든설탕을꺾어부은후밑으로녹아내리는걸보는중

소리들려?

수행적미술전위극

일렉트로어쿠스틱뮤직

인디음악분야

보라동녘하늘은미소짓고아이를낳았어

아이를낳는다는건네발짐승들께보내는존경의표시

언니들을존경해요 욕심부리거나거짓말하거나

허튼짓을하지않으니

순수한듀레이션이신당신들

정지되어있는것에듀레이션을부여해보자 소리없는곳에서
소리가탄생하고

그순간음악이된다 로이리히텐슈타인과의성어

텍스트를읽는동안지속이된다

자폭

off스위치

불을끄고장님이되는것

나빈줄알았다낙엽이었다

점선면색

이것은소리의성질일뿐만아니라 대상을소리의인식방식으
로인식하는태도를길러준다

어느정도간격이상의소리에서박자를감지한다

박자를점으로표시

1beat1dot

리듬의잔디를차곡차곡쌓아보자

폴리리듬

그러나꼭점만이리듬감을주는건아니다

리듬의상대적인식

전봇대의간격과전깃줄

일상,그래,일상은,은근히치밀한가식의공간이라

진실된환상이끼어들틈이여간해서는나지않지

선의고저목소리가높다소리의다발 처음엔그림을가렸다가
나중엔보여줘

담배연기영상인식

선과점으로소리를표시

강태환[7]

에드가바레즈[8]

몽골사운드

면

다른라인의레이어의트랙의소리들간의관계

하모니

폴리포니

멜로디끼리의관계만을추적

리듬다이멜로디다이

멜로디끼리의관계가다가아니다

자연음＋음악

자연음＋자연음

그중의하나일뿐

한레이어를일상의소리로잡는녹음

팀버Timbre음색톤컬러주관적색을목소리로타악기로

C-M-Y-K

사이언마젠타옐로우먹

지금이렇게선명해요

여러장르에적용가능 장소를정하여소리녹음

소리지도반드시표시해야할요소들

악센트리듬단위소리높이등고선레이어기저음전경후경

사티가구음악[9]루솔로intonarumori[10]

4:33

장소의공기 소리는진동하는물체로부터주위에있는물체로
보내진

밀도변화가있는소밀파다 이파동이통과함에따라물체내

의각부분에압축과팽창의상태가전달되고그때공기는매질이
된다
　팽창과수축
　오래전의일
　차렸던살림
　살림을차렸다
　지금은잘있니
　잘있을거야
　넌지금어딨니나와헤어진아침은멀리있고
　아득히아스라이푸른빛속으로사라져　그렇게가깝던너의
눈동자
　가지바지에하늘색등짝
　빵과녹음기와충전기와향수가들어있다
　소리는결이다
　닿음떨림닿음울림소리는온다소리는없다
　모든건결이다
　감각은결을감지하는수단
　왜어떤파장은들리고어떤파장은보일까　최초로소리를들
은동물은물고기

어류상태의기억으로내려가자

느낀다=떨림을감지한다 입자도파장이므로

가장넓은결에서부터좁은결에까지함께떨림=공명

가청주파수너울거린다온다속도

시끄럽다조용하다잔잔하다파도

고향

크다작다침묵듣다들리다소리가나다소리를내다

소리하다(판소리)말하다노래하다읽다소리지르다웅얼거
린다

무심코흥얼거린다 그경우절대설득력을잃을수없다

옹알이

이를테면설렁털렁또는터털렁=설렁탕

뿌까뿌까=목욕

소리가굵다얇다맑다탁하다

울다

웃다

소리음

소리성

hear

listen to

들을 聞

들을 廳

聲容必靜頭容必直¹¹⁾

모습은드러내지않으며목소리만으로

다크한월요일에다크초콜릿 그래도마음만은밝게

오더블audible어쿠스틱웨이브

파도친다터얼썩

눈을감자조용히하자아무리조용히해도소리가들린다그
소리중에하날잡자십초간숨을깊이쉬면서거기서떠오르는영
상을잡자이번엔그영상을맘속에넣어보자그리고숨을깊이삼
초간쉬면떠오르는단어냉장고새벽추위오로라먼곳푸르른사
라짐

소리는마음속에느낌을품어준다

내새끼펜더재즈마스터

vox앰프ac30와일드위민

새벽하늘의여린살갗

원시인들의조개무지

구름은예쁜똥을누어놓았고

거기에눈물나기직전의　가장아름다운붉은빛을쏘아줌으
로써　무시무시한미를제안하고도

　물방울은떨어지네

　연기가피어오를때터널을지나조심스럽게말할게내가슴에
도당신과비슷한온도와열망을지닌불씨가있는것같아혹시…
밴드연습끝나면11:30쯤그때쯤비라도더확내렸으면

　우리는현실을받아들이면서부정한다

　그곳은광장

　굉장히먼곳이었다

　하루종일참았던

　낮은구름의발설

　혓바닥을견뎌온

　한마디가있었다

　유리창을때리며

　말한다

　말할수밖에없는

　그런말을하다보니

　노래가된다

　그래요용서해요봄밤의우연을붙들고싶었어

놓치고싶지않았어요당신을이밤을들뜬시간을

밤은상쾌했고당신은예뻤고나는외로웠고무엇보다급했어

두귓불을스치는핑크노이즈계열의바람소리는

요맘때만들을수있네

살짝웃는가싶더니입꼬리가당겨지고

구겨진쿠킹호일처럼표정은쓸쓸해진다

그러지말아야하는데도외로워하고 제대로뻔뻔하거나쿨하
지도못해곱씹다가

내식의사과란글쎄저도모르겠어요 당신한테따귀라도맞고
싶은건가

세상이그어놓은선밖에서살짝들뜨고

유마경에서말씀하시기를"밖으로는능히모든법의모양을잘
분별하나

안으로는첫째원리(기본원리)에서움직이지않느니라"하셨
느니라

육조단경서문

나돌아다니는그분의부인은성모마리아가되고

왜그신비스러운모자를쓴아이들은나에게작은초콜릿여러
개를줬을까

왜그주정뱅이는되돌아왔을까 왜유리는여럿일까

때로사람들은가장가까운사람들을침묵속에유폐시킨다

춤을추지않더라도

웃음짓지않더라도

술마시지않더라도

나는지금이상하네

떨리는마음

이래선안되는데

초콜릿한개더먹고담배한대더피우고

그러고나서는이익명의도시를떠나야겠다어서어서엉ㅎ

기억은모든것이사라지기때문에존재한다

자기기억시스템인생명은 모든것이사라지도록세팅돼있는 시간성에대응하기위한

물질의발명품이다 완성이란뭐냐거기에갇히는것이다

그래서완성다음을생각해야한다 어떻게그감옥을탈출할 것인가

그것이진정한자유를향한추구

화해

마음속으로부터의화해와해상대방은모를지라도꿈속에서

뒤척일지라도

　그냥나혼자다짐처럼하는그런화해봄돼서따뜻해지기전에

　뜨거움을준비하는마음으로부터의그런화해

　생명의주된관심사

　니가사용한노래를듣는다

　노래를듣다눈물을흘릴때시간은아무의미가없지

　시간을돌돌말아추억의베개를베네

　당신의노래비에젖은모래를발라줄게

1) 태국의 영화감독 아핏차퐁 위라세타쿤의 「엉클 분미」에 나오는 등장인물.

2) acousmêtre. 프랑스의 영화 음향 비평가 미셸 시옹(Michel Chion)에 의하면, '아쿠스메트르'는 영화의 화면 밖에 음향적으로만 존재하면서 전지적 힘을 발휘하는 존재.

3) 독일 여류 작가 모니카 마론의 『슬픈 짐승』에 실려 있는 표현.

4) '이를말이겠소' 정도의 제주도 방언. 이탈리아어 같다.

5) 세계에서 유일하게 열대 북방한계 식물과 한대 남방한계 식물이 공존하는 제주도의 독특한 숲 또는 지형을 일컫는다.

6) 한국의 인디 음악가.

7) 한국 최고의 세계적인 프리 음악가.

8) Edgard Varése(1883~1965): 미국에서 주로 활동한 프랑스 태생의 전위
음악가.

9) 에릭 사티(Erik Satie)의 '가구음악(La musique d'ameublement)'.

10) 인토나루모리. 이탈리아의 미래파 음악가 루이지 루솔로(Luigi Russolo)
가 발명한 일종의 소음 악기.

11) 성용필정두용필직. 목소리는 반드시 고요하게 하고 머리는 반드시 곧게
한다.

3부

DJ목마와소녀

저쪽

내가내저쪽에도있군

내내있었어거기에도

바람맞으며덜덜떨며파도소리들으며

검은돌저쪽에피워놓은모닥불의

일렁임이내겐작은아픔이었다

저쪽에서불을쬐고있는나를

모래사장위의나는부러운듯구경한다

그리움에젖은머리칼의물기를터는나를

저쪽의내가궁금한듯바라본다

술취해밤바다위를뛰던친구가

오래된회색코트를바위위에놓고간뒤

코트는나름의자세를취해잠들어있다

저쪽의내가일렁이자

이쪽의나는멍이든다

방파제위에서성이는잠바입은사람들은

서걱거리는발밑의모래에서노래를헤아린다

노래가나오려나

밤을항해하던작은배들이푸르스름한이불을덮을때

저쪽의나를만나러가야지

해의기둥이물거품에풀릴때
조용한노래를부르러가야지

8월의 화형식

우리가 겨우내 들어앉아 피운 이야기꽃이
봄 되면 진달래 같은 걸로 피어나겠지
이따위 일기가 적힌 겨울을 북 찢어버린다
그러자 단번에 봄이 왔다
이튿날 봄이 가고 초여름이 시작됐다
예정에 없던 화형식
그녀가 팬티를 입지 않은 채 짧은 원피스를 입고
장작더미 위에 서 있다
왜 갑자기 꽃이 피고 난릴까
다죽여버려
봄은 비만을 꿈꾸고 결국 비만 때문에
비관자살
장마철이 오면 들창코들은 서럽다
사소한시비가붙게마련입니다그려
그렇게되기전에일을마쳐
케이크에번쩍이는사시미칼을확
박아버려
시체는버려
엠육공

갈겨버려

싸질러버려

버려

불의문이덮친다

싸대기를

날려버려

5도화상

아

그녀의생일은왜그냥지나갔을까왜그녀의생일은

그냥지나갔을까그냥그녀의생일은왜지나간거야

왜그녀의생일이아무일없던것처럼지나가버려

나는 엉뚱한 곳에서 술을 마시고

꽃잎이 기도를 막아 숨이 막혔을까

거짓말을 했기 때문이다

가족이 있기 때문이다

어려서부터 발바닥이 고장 났기 때문이다

심장이 불안의 박자를 주기적으로 치기 때문이다

가려워죽겠어

요충이꼬물꼬물동생의똥구멍에서기어나왔다

생은오밤중

횃불밝힌시가행진

썩어가는오래된문짝들을5층옥상에서

아래로집어던졌다천둥이쳤고

성곽위로번개가번쩍거리고

그녀는 아랑곳없이 블루스를 춘다

아하, 당김음과 블루노트와 부드러운 종아리

아줌마는 누런 방석 위에서 쿨쿨 잔다

좀 전에 물병을 들고 들어가

젊은 놈이 자는 걸 건드리고 나와서 저런다

그 아줌마를 목 졸라 죽일 수는 없다

방이 너무 좁기 때문이다

이게 바로 구사일생 그러나 아뿔싸

8월의화형식은시작됐다

구경났냐

깽판치는 개자식을 해장국집 아줌마가 슬슬 밀어낸다

그녀의 아들은 그놈을 죽일 기세다

니가말한개자식은

나를두고한그말은

어제 오후에 사실이 되었다

틈만 나면 너를 버릴 생각을 한다

모든 순수는 자기 자신을

죽이는 것으로 끝을 맺는다

그것은 그냥 그슬린 벽지 같은 것이다

그러니까 그럴 필요가 없는 것이다

쪼그려 앉아서 지글거리는 비계와

활활 타오르는 숯불을 바라보며

벌게 가지고 젓가락을 들고 있을 때

종말은찾아오리라

그때이빨에낀오돌뼈를퉤퉤뱉는심정으로

지껄여라

다시한번말하지만모든순수는

자기를죽인다니까

그단힌원에서어떻게빠져나올래

8월의 라이타를 켜고 머리칼을 지지며 장작 위에서

도대체어떡할래

표정을좀바꿔라

웃지도말고울지도말고

괴혈병환자처럼피를질질흘려

부족인 거야 습관성 결핍증

시간이 모자라

벌써 더워지려 하고 있고

목덜미가 미끈거려

목걸이의누런빛이바래지기전에

버석버석숯덩이로변해가기위해

껍데기를이리저리뒤집기도전에

확 목을 잘라

겨울오후사인파위주의그림자

사각콩크리트파사드가검은삼각망토를두르고
프란체스코회수사처럼삼종기도를읊는다
그때의그림자가발산하는사인파위주의웅얼거림
50헤르츠미만의초저음
비우소서
지금은나도모르게내가태어나는시간
자유와관용
사유와허영
설렘과안타까움
어둠과슬픔
비극이탄생하는시간
행복에취해눈시울붉히며서산을넘는
나를짓밟고지나간젊은날의여인아
그때가아니라지금떠나지그랬니
바로지금
그랬다면그슬린쑥더미풀숲건너사라지는
파장68cm주파수2000hz이상
자극적인고음의그림자를
용서할수있었으련만

바람에휘날리는그끝자락을매만지며
기꺼이잘가라고웃음지을수있었으련만
당겼던활시위가마음을놓으니
아무데라도앉고싶다
팔꿈치로무릎을괸겨울의담담한표정을감상하다가
이내허기진다
옆구리살한주먹을떼내어
지나가는누구에게라도먹이고싶다

지브롤터

세네갈 다카르 대서양의 동쪽 끝
지브롤터의 밤바다에 나가 봤네
바닷바람에 실려 오는 밤기운은
땀 소금 그리고 육신
흔들리는 해초처럼 나는 덧없네
검은 피부의 바다가 끊임없이 밀려들면서
젬베[1]를 연주하네 그 리듬이 환하게 웃을 때의
줄로의 이처럼 가지런하네
한줄한줄때로는두줄
두겹세겹때로는겹겹
내 가로의 시야 전체만큼 거대한
조개껍질 속의 하얀 진주 또는 분홍의 살
밤바다 마음의 바닥에는 검은 종이가 잠수하네
그 종이를 꺼내 어서 배를 접으라고
하얗게 드러나는 이는 끈질기게 반복하네
반복되는 멜로디가 파도의 산이 되고 골이 되어
내 시선을 홀려 끝내 나는 거기 몸을 실었지
푸르게 질린 입술 사이에 저렇게 거품이 이네
거품이 사라지기 전에 잔을 부딪힌 다음

지금 이 마음을 타고 시선은 바다 저 끝으로 향하네
대서양 끝으로 아무리 가도 고향은 나오지 않겠지만
왠지 이 방향에도 고향은 있네
그리움은 바다 저편이면 어느 방향으로도 있다는 걸
다카르 욥 비라주 드넓은 해변에서 받아 적네
받아적어도받아적어도리듬은끊이질않네
달아나도달아나도파도는오네
눈을감아도눈을감아도
소리는소리로왔었네
왔다
가네
불빛도 없이 불빛도 없이
검은 그리움은 하얀 파도를 넘어
너도 넘고 나도 넘고 넘실넘실
시간을 넘어 아무도 태우지 않고
맨발의 춤을 추며 가도 가도 또 오고
평생을 다가와도 무너지고 부서지며
아무리 뒤돌아서도 결국은 눈동자처럼
밤 한가운데 부릅떠 있네

오도록 그렇게 놔둬도 결국은
수평선 너머로 가네
부드러운 저 물의 고깃덩어리
파도 밖으로 드디어 몸을 내미는
블랙 펄 물과 말과 생명의 여신 노메
당신도 처음엔 저렇게 압도적으로
내게 밀려와 내게 밀려와
하얀 살을 거품처럼 풀어놓았었지
그리움은 천정에 흔들리는 별빛을 머리로 깨뜨리고
별똥별처럼 절정을 넘네

.

1) Djembe: 서아프리카의 대표적인 타악기. 통나무를 파고 소가죽을 씌워
만든다.

오뚜기클럽은예약제였나요

식용유화살표당근양파
피망화살표소시지밥
달걀화살표양념조갯살

계란말이파랑접시
하양초밥분홍접시
새우튀김주황접시
오이무침노랑접시

딸기백프로
딸기백프로

오뚜기클럽은예약제였나요
오뚜기클럽은예약제였나요

DJ목마와소녀

밤새LP들은어지러울정도로돌았다
바늘은골짜기를파고들어
물살의좌우를레프팅하며
스테레오로소리를낚는다
어두운플로어에서춤을추는사람들
신발을벗어던지고
검은스타킹을신은발로이따금
비명을지르는소녀가있었다
DJ부스는서낭당처럼침침했다
외롭고앙증맞은발꿈치들이올라와
사내를달라고빌었다
새벽세시가넘어가자
DJ목마는LP들을채찍질하며
가끔시계를들여다본다
물살은생각보다빨랐다
이렇게많은노래들이만들어진것은
빛이물을건너가는동안
무한대의작은배들을타고흔들리기때문
노래는경주마처럼자신을모르고

그저달려준다

노래의눈은유니콘의그것처럼

서글서글하지만안타깝게도

노래에겐거울이없다

작은배에실린빛들은저마다다른각도에서

간선도로를질주하는차들을바라본다

우리는어디서와서어디로가는지

빛은잠시흔들린다어느노래의어느대목에선가

입

술

이라는가사를무책임하게흥얼거리고만

입맞춤의충동때문이다

허물없이사투리를쓰는소녀는

웃고있었지만만취상태였다

물가에데려가달라고한건그녀였다

노래는미묘한색깔들을입고있고

빛은오라기마다자기방향이있고

문득차가운코러스가

사라지는마지막부름처럼흩어질때

노래는끝이나고
누구도다음곡을예상할순없다
배들은생각도하지않고
느릿느릿하구로흘러간다
한때선배의시신을싣고간바로그
방향으로
시간은흐른다

노이즈 시

이준규(시인)

이 글은 해설이라는 말에 합당하지 않다. 이 글은 사족이다. 칼이나 가위로 깨끗하게 잘라 내기를 바란다.

성기완은 그 누구보다 왕성한 시적 작업을 하는 시인이다. 그는 연주하고 노래하고 산문을 쓰고 논쟁에 참여한다. 나는 그와 오래 만났는데, 그가 화내는 모습을 본 적은 있지만 우는 얼굴은 본 적이 없다. 보통 그의 얼굴은 웃는 모습으로 기억된다. 그 웃음이 묘한데, 인자한 웃음도 아니면서 모든 것을 흡수하고 모든 것을 허용하겠다는 표정이다. 그 웃음은 때론 착해 보이고 때론 심한 비웃음과 저주를 품고 있는 것 같다. 그는 그렇게 웃으며 끝없이 작업하는 사람이다. 나는 그러한 그의 작업 방식이 어떤 혼돈을

초래하지 않을까 생각했다 나는 두 가지 일을 동시에 진행할 수 없는 사람이기 때문이다. 도대체 성기완은 언제 책을 읽고 언제 시를 쓰는가. 내가 짐작할 수 있는 것은, 그는 모든 상황을 시적으로 변형시키는 훈련을 해 왔고 이제는 모종의 경지에 이른 듯하다는 것이다. 그는 음악을 시로 바꾸고 산문을 시로 바꾸고 전화 통화를 시로 바꾸고 문자메시지를 시로 바꾸고 트위터의 문장을 시로 바꾸고 광고 카피를 거리의 간판을 술집 옆자리의 대화를 흐르는 타인의 웅얼거리는 소리를 시로 바꿀 것이다. 말하자면 그는 세상의 모든 무의미를 의미화하고 모든 의미를 재구성하는 것 같다. 그에게 시가 아닌 대상은 없는 듯한데 그만큼 그의 시에 대한 태도가 열려 있다는 것이고, 그 방식에서 느껴지는 자신감은 그가 시인으로서의 자존감을 결코 놓지 않고 있다는 말이다. 그는 한없이 천박해질 수 있는 용기를 가졌고 동시에 어떤 숭고함과 늘 함께하고 있다. 그것은 어쩌면 시인의 지극히 당연한 모습일 것이다.

그는 실험적이고 전위적이다. 실험과 전위는 조금 다르다. 실험은 형식적으로 새로워야 하는 반면 전위는 반드시 그럴 필요가 없다. 실험은 전위적이지 않은 입장에서도 이루어질 수 있고 또 전위는 실험적이지 않은 형식 속에서도 이루어질 수 있다. 실험은 정치적이고 윤리적인 입장과는 조금 떨어져 있고 전위는 그것과 떨어지기 힘들다. 아주 진부한 형식과 언어로 이루어진 시를 때론 전위적이라고 할 수도 있다. 그러나 실험은 그럴 수 없다. 성기완의 시는 전위적이라기보다는 실험적인 것에 가깝다고 나는 생각해 왔다. 하지만 어느 순간 그의 시는 전위적이기도 하다는 생각이 든다. 그는 무언가를 전달하려 하고 주장하려고까지 하며 그 전달과 주장의 목소리가 독자를 자극하기를 원한다. 앞으로. 앞으로. 아무것도 아닌 것으로, 모든 것으로.

   그의 실험성이야 확연하다. 그리고 다양하다.(이 다양성에 대한 분석은 다음 기회나 다른 사람에게 미룬다. 그의 시에는 가능한 거의 모든 실험 방식이 혼재되어 있다. 음성 시나 노이즈 시라고 할 수 있는 것도 당연히 있는데, 그는 그것을 텍스트 차원에서만 행하는 것이 아니라 공연의 형식으로도 이미 행하고 있다. 그런데 앞으로 내가 말할 노이즈는 음성 시의 극단적 상황으로서의 노이즈를 말하는 것은 아니다. 내 논리가 정교하지는 않지만 나는 다소 추상적인 차원에서 노이즈를 말하는 것이다. 말하자면 시 자체를 노이즈로 본 것이다.) 그런데 그의 실험성은 지극히 한국적이다. 성기완은 어떤 글에서 지역성이나 변두리, 국지성 따위의 뜻으로 보이는 로컬(local)이라는 단어를 쓴 일이 있다. 나는 그것을 '자신감 있는 촌스러움'쯤으로 이해했다. '시골 쥐'의 마음 같은 것인데, 그 시골 쥐의 입장을 확대하면 그것은 바람직한 윤리가 될 수도 있다는 생각을 했다. 우리는 보통 서양의 여러 경향을 극복하려고

하거나 넘어서려고 하거나 무시하려고 한다. 하지만 성기완이 로컬을 말할 때는 그 국지성의 전면적 긍정에서 출발한다. 그러한 긍정이 많은 잡스러움을 형성하는데 그 잡스러움도 어감과는 달리 무한히 긍정적이고 새롭고 독특한 것으로 변할 수 있다. 다만 그의 시학은 조화로운 결합보다는 흩어지다 뭉치고 다시 폭발할 것 같은 어떤 물질적 현상의 반복과 생성을 머릿속에 그리게 한다.

그의 잡스러움과 촌스러움은 다분히 의도적이다. 그의 문법을 무시한 어떤 시는 서양의 실험 시를 의식했다기보다는 거의 자생적인 것으로 보인다. 그가 록 음악을 연주할 때나 실험적인 음악을 시연할 때 사용하는 기계는 모두 서양에서 수입된 것이지만 그의 태도나 실행 방식은 전적으로 그의 독창이라는 생각이 든다. 가령, 진부한 방식을 과감하게 반복하는 것도 일종의 배짱인데, 어디 한번 비난하려거든 해 봐라, 나는 내가 느낀 것을 수단과 방법을 가리지 않고 행하겠다, 나는 눈치 보지 않겠다, 나는 내가 끌리는 방향으로 힘들지만 비틀거리며 나아가겠다, 마치 나비처럼, 그래, 마치 전기로 된 나비처럼, 이라고 성기완은 부드럽지만 고통스럽게 외치고 있는 셈이다. 나는 그의 비행 궤적을 관찰한다. 느낀다.

그렇다, ㄹ을 조금 옆으로 기울이면 나비 같다. 그 나비는 완벽한 고요 속에서 날고 있다. 그 모습은 환하다. 그러나 우리는 완벽한 고요 속에 있을 수 없다. 어쨌든 ㄹ은 이리저리 흔들리고 있고 큰 날개를 펄럭거리기도 하고 벌의 날갯짓처럼 빠른 동작을 보여 주기도 한다. 물론 상상 속에서. ㄹ의 파장은 생각보다 커서 우주적이라고 할 수도 있다. 사람들은 우주적이니 하는 커다란 비유를 잘 쓰지 않는데 나는 그럴 이유도 없다고 생각한다. 무한이나 영원이라고 표현할 수밖에 없는 세계가 있는 법이다. ㄹ의 세계가 그렇고 시가 그렇고 사랑과 삶이 그렇고 죽음이 그렇고 노이즈가 그렇다. ㄹ은 시끄럽게, 또는 조용하게 어떤 노이즈를 생산하고 있다. 그 노이즈의 세계는 어지럽고도 평화롭다. 그 세계가 우주이기 때문이다.

ㄹ과 노이즈, 시와 노이즈. 노이즈란 그저 소음이라고 번역할 수 있는 단어이다. 그것은 음악의 한 장르가 되기도 하고 음향 기계를 다루거나 하는 전문가들의 용어가 되기도 한다. 나는 그 노이즈라는 말을 시라는 말과 같은 말로 생각하기로 한다. 성기완의 시를 읽으면서, 느끼면서, 들으면서, 보면서 하는 생각이다. 성기완은 자신의 시와 산문에서 여러 방식으로 자신의 작업을 친절하게 설명하고 있다. (사실 그의 시에 대한 가장 훌륭한 해설서는 그가 최근 간행한 책 『모듈』이다.) 그런 시인이 흔한 것은 아니다. 심지어 그는 그의 시를 다른 작업, 그러니까 음악인으로서의 활동을 통

해서도 설명하고 있다. 내 생각에 그이 설명은 사세하고 친절한데, 사람들이 어니까지 그 설명을 받아들이고 이해(오해)하고 있는지는 의문이다.

ㄹ은 나비 같기도 하지만 새 같기도 하다. ㄹ이 나비일 때 ㄹ에서는 아무 소리가 없다. 그럴 때 그것은 소리로서 느껴지는 것이 아니라 어떤 영상으로 받아들여진다. 그런데 그것에도 소리가 있다. 그 없는 소리를 우리는 노이즈라고 생각해 볼 수 있다. 그것은 과거의 소리이자 미래의 소리이고 어떤 정지 상태의 소리이다. 지연된 소리라고 할 수도 있다. 그 소리가 바로 시다. ㄹ이 새일 때 그것은 영상이기도 하지만 시끄럽거나 아름다운 소리일 수 있다. 우리는 새들이 정확히 무슨 의도와 목적을 가지고 그렇게 노래하는지 알지 못한다. 기껏해야 먹이 활동이니 어쩌고 하면서 설명할 수 있을 뿐이다. 하지만 새들이 내는 소리는 우리가 생각하는 것보다 훨씬 더 복잡하고 우리의 단순한 믿음을 송두리째 무화시키는 소리일 수도 있다. 만약 그것이 신의 노래라면 어쩌겠는가. 누가 아니라고 할 것인가. 그 소리가 역시 하나의 시가 된다.

젊은 백남준이 바이올린을 부수고 무대에서 내려가는 모습. 백남준이 무슨 의도와 생각에서 그런 행위를 했는지 우리가 정확히 안다는 것은 불가능하다. 예술은 우리가 흔히 생각하는 것처럼 그렇게 명확한 의도 속에서 이루어지지 않는다. 그렇다면 그 행위는 단순하게 박제되어 예술사의 한구석을 채우는 것으로 끝날 것이다. 백남준의 행위는 그 자체로 아름다우며 그 자체로 감동적이다. 흔히, 전위적인 시도가 감상될 수 있다는 것을 그 전위적 시도의 속화이거나 그 시도의 혁명성을 무화시키는 예술사가들의 합리화 과정쯤으로 이해하는데, 잘못된 판단이고 오래된 거짓이다. 백남준은 본인이 의도했건 의도하지 않았건 어떤 감동적이고 아름다운 행위를 보여 준 것이고 우리는 그것을 그 자체로 받아들여야 한다. 성기완의 시도 그렇다. 내가 시를 쓰는 사람이라서 잘 아는데, 어떤 시인도 자신의 시를 아름답지 않다고 느끼면서 쓰지는 않는다. 성기완이 발생시키는 노이즈는 시이고 아름답다.

나는 성기완의 시를 한마디로 '노이즈 시'라고 칭하고 싶은데 그런 이름이 어디에 있는지 없는지도 모른다. 확인하지 못했고 그러고 싶지도 않다. 어딘가에 그런 이름으로 행해지는 시적 작업이 있다면 그것은 성기완의 작업과 비슷한 면도 있을 것이고 다른 면도 있을 것이다. 왜냐하면 그 작업들은 성기완이 처한 상황과는 비슷하지만 꽤 다른 상황에서 이루어질 것이기 때문이다. 어떤 독자에게 노이즈는 부정적인 느낌을 줄 것이고 그렇지 않을 수도 있다. 노이즈는 의미가 없는가? 없다.(단순한 유행이나 이미 지나간 아방가르드 형식의 재탕이 아니라면.) 그런데 그 없음이 허니의 시적 세계라면 나는 그 노이즈를 긍정할 것이고 어쩌면 거기에서만 출발할 수 있다. 우주는 어떤 노이즈로 가득 차 있고 시인은 그 노이즈를 받아들이는 어떤 그물이다. 시대에 따라 그 그물을 칭하는 말은 달라질 수 있겠지만 그것이 그런 것이라는 것은 오래 바뀌지 않을 것이다. 이렇게 말하면 모든 시는 언제나 어디까지나 노이즈였고 노이즈이고 노이즈일 것이라고 말하는 셈이 된다. 그건 아니다. 우리는 감각 자체의 변혁기를 지나가고 있고 그것이 시적 세계에만 국한되는 상황이 아니라 무언가 전체적인 상황에서 그렇다는 것을 느낀다. 이 시대처럼 모든 것이 연결되어 있음을 피부로 느끼기 쉬운 시대는 없었고 요즘처럼 그 연결 자체가 불행한 방식으로 고립을 가중시키는 시대도 없었다. 그러니 모든 것은 무기력의 나락으로 떨어지고 있고 시 역시 그렇다. 전통적인 방식으로 써도 그 시는 전통적이지 않은 방식의 구조에 노출되어 있고, 실험적인 방식으로 시를 쓴다고 해도 그 실험성의 정신은 아무런 열기도 생산할 수 없는 상황 속으로 흘러가 버린다. 이런 상황에서 성기완의 실험은 어떤 한 가지 스타일에 국한될 수 없을 것이고, 실험이라는 단어 자체를 의심하는 실험으로 나아가게 되는 것은 솔직한 일이다. 그는 노이즈의 세계를 음악적으로 받아들이고 있지만 동시에 환멸 속에서 그러고 있을 수도 있다. 모든 것에 반응하며 모든 것을 즐기고 그 모든

것에 슬퍼하는 것. 이것은 모든 현상을 하나의 '오작동(에 의한 노이즈)'으로 보면서 그 오작동을 흉내 내며 무언가 더 크고 혁명적인 노이즈를 생산하겠다는 다소 낭만적인 꿈을 포기하지 못했다는 말이다. 노이즈에 노이즈를 더하기. 심지어 아름다움도 버리고 시적인 것에 대해 다시, 끝까지 묻기. 물고 늘어지기. 이런 것이 노이즈 시를 생산하는 미적이고 윤리적인 이유라고 한다면 궁색한가. 그래도 이런 상황이 생산되고 있는 것은 분명하고 (성기완의 작업만 그런 게 아니고) 그 생산자들이 모두 멍청하거나 유행의 한 축에 가담하고 있는 것만은 아니다.(다시 말하면 진지하고 아름답고 지적이고.) 어쨌든, 누구라고 말하지는 못하겠지만 '우리'라고 칭할 수 있는 일군의 시인들이 있다는 것은 분명하다. 나는 성기완의 시를 '노이즈 시'라고 칭하면서 나의 시도 그렇다고 말하겠다. 나는 방금 그가 만들어 놓은 '노이즈 시 배'에 편승했다. 이 배는 취해 있고 선장은 없으며 깃발도 없다. 의미가 있건 없건 이제 '우리'는 이 배를 타고 우주를 떠돌 것이다. '토씨 하나를 찾는' 일이건 우주 자체를 다시 찾는 일이건 간에.

　이런 식의 논지는 방어적으로 보이는데 그래도 할 수 없다. 아무리 공격해 봐라, 이러한 노이즈 시는 계속 생산될 것이고 한국 시의 미래는 이 과정을 겪을 수밖에 없다. 우리가 도대체 어떤 전통으로 돌아갈 것인가. 나도 「청산별

곡」을 사랑하고 당신도 「청산별곡」을 사랑한다 나도 「처
용가」를 나름대로 흥얼거리고 당신도 「처용가」를 나름대
로 흥얼거린다. 나도 「정읍사」를 떠올리며 우리의 달을 그
려 보고 당신도 그렇다. 나도 「공무도하가」를 외우며 죽음
의 슬픔을 달래고 당신도 그렇다. 그 세계는 이미 우리 안
에 자리 잡고 무한한 작동을 실행하고 있다. 이미 그런데,
우리가 어디로 갈 것인가. 우리의 어떤 시들은 '노이즈 시'
속으로 편입될 것이며 그것은 하나의 흥미로운 시적 상황
을 연출할 것이다. 이미 10년도 훨씬 더 지난 일이고 이 상
황은 당분간 쉽게 변하지 않을 것이다. 나는 그 편에 선다.
노이즈는 그 자체로 아름답다. 어떤 것이 그 자체로 아름
다운 것은 예술과는 다르다고 생각하는 사람들이 있다. 그
래서 그들은 인위적인 꾸밈을 시도한다. 그러나 어떤 것을
그 자체로 아름답다고 느끼면서도 무심한 시적 생산을 할
수 있는 자들은 그들의 길을 간다. 말하자면 그것이 실험이
고 전위고 노이즈다. 그 기쁨은 서정의 세계를 초월한다. 서
정은 표현되기 전에 이미 시인의 몸에 있기 때문이다. 나
는 요즘의 서정 시인들이 좋건 나쁘건 아마추어 같다, 라
는 느낌이다. 정신의 아마추어 말이다. 성기완의 시들은 그
반대에 있다. 나는 그의 편에 선다. '시가 스스로 시를 쓰는
날'을 기다리며. 입에서 나오는 말이 모두 아름다운 노래로
들리는 날을 기다리며.

성기완

1967년 서울에서 태어났다. 1994년《세계의 문학》으로 등단했다.

시집 『쇼핑 갔다 오십니까?』, 『유리 이야기』, 『당신의 텍스트』, 산문집 『장밋빛 도살장 풍경』, 『모듈』 등이 있다.

밴드 3호선버터플라이의 멤버로 네 장의 앨범을 발표했고 솔로 앨범으로는 「나무가 되는 법」, 「당신의 노래」가 있다.

현재 소리보관 프로젝트인 '서울 사운드 아카이브 프로젝트(SSAP)'를 이끌고 있으며

계원예술대학교에서 사운드디자인을 가르치고 있다.

ㄹ

1판 1쇄 펴냄 · 2012년 8월 10일
1판 3쇄 펴냄 · 2018년 8월 21일

지은이 · 성기완
발행인 · 박근섭, 박상준
펴낸곳 · (주)민음사

출판 등록 1966. 5. 19. 제16-490호
서울특별시 강남구 도산대로1길 62(신사동)
강남출판문화센터 5층 (우편번호 06027)
대표전화 515-2000 / 팩시밀리 515-2007
www.minumsa.com